Apoteoza raului

Theo Von Cezar

„Am putea avea o şansă dacă toate animalele s-ar răzvrăti şi l-ar ajuta pe om să-şi recapete demnitatea." - Satan

„L-aş închide pe Putler într-o cameră şi i-aş cânta cântece religioase in urechi până ar surzi. Atunci as da volumul mai tare, si să vedem dacă mai este dispus să facă semnul crucii."- Dumnezeu

„Nu a fost şi nu va fi niciodată ceva special cu ruşii, germanii, americanii, românii etc., deşi mereu vor fi voci – voci ultranaţionaliste – care vor pretinde că sunt cele mai bune dintre toate naţiile. Nu există oameni aleşi şi nu vor exista niciodată câştigători pe termen lung. Sunt doar oameni care coexistă între bine şi rău." Dumnezeu

Daca doar o singura persoana care va fi citit acest 'pamflet' nu a considerat timpul pierdut atunci si eu voi fi pe deplin multumit. – Theo Von Cezar

Satan a decis că era timpul să-i facă lui Dumnezeu o vizită de curtoazie şi să joace o partida împreună, în ciuda faptului că intotdeauna luase bataie de la Dumnezeu. De fapt, fusese o singură dată cand au făcut remiză, şi asta ii daduse lui Satan atât de multă speranţă – că într-o zi îl va învinge pe Dumnezeu la sah. Şi astăzi era una dintre acele zile în care Satan se simţea împuternicit sa castige. Conform pariului pe care îl făcuseră cu ceva timp în urmă, dacă câştiga, Satan va lua Raiul si Dumnezeu va lua Iadul.

Satan a fost întotdeauna impresionat de înfăţişarea lui Dumnezeu – mâini mari, barbă lungă, albă, stufoasă, ochi mici de un albastru închis, nas roman, urechi uriașe şi faţa pătrată şi frumoasă. Pelerina albă până la glezne pe care o purta întotdeauna îl făcea să pară chiar mai înalt decât era în realitate—aproximativ 6 picioare.

Sau poate că purta tocuri înalte, s-a gândit Satan în timp ce intra în ‚conacul' de marmură albă de 23.000 de metri pătraţi a lui Dumnezeu.

Pe de altă parte, Satan era tipul macho – picioare puternice, braţe musculoase, abdomen cu pătratele, umeri largi. Purta părul lung şi negru prins în coadă şi trăsăturile feţei lui erau bine conturate – sprâncene negre arcuite, ochi negri puri de vânător, nas drept, buze naturale pline. Succesul său în rândul femeilor pamantene ar fi fost remarcabil si nu se sfiia sa-si reaminteasca acest lucru din cand in cand.

De vreme ce urma sa fie o zi foarte importantă, care ar fi putut sa decida soarta Raiului, Satan a ales să poarte un costum negru impecabil, cămaşă albă, cravată galbenă şi pantofi cu vârf ascuţit din piele, in ciuda faptului ca de obicei se îmbrăca lejer – blugi drepti, adidaşi şi un tricou, totul negru. Chiar dacă negrul nici măcar nu era considerat o culoare, lui Satan ii plăcea foarte mult şi considera că îl reprezintă cel mai mult.

“Bine ai venit, prietene,” a spus Dumnezeu şi l-a bătut pe Satan cu palmele lui mari pe umerii lui puternici. Apoi s-au îmbrăţişat de parcă ar fi fost prieteni de multă vreme. Si chiar erau. Ei se cunoşteau de la începuturile Pământului – cu aproximativ 4,5 miliarde de ani înainte de intalnirea de azi, dacă nu chiar mai devreme.

Spre deosebire de alte dati, când unii dintre slujitorii lui Dumnezeu – de obicei Sultana, o brunetă cu forme si foarte atrăgătoare, cu părul lung si trupul zvelt, care era întotdeauna îmbrăcată într-o rochie albă semi-transparenta care-i ajungea până la glezne – veneau să-l întâmpine pe Satan, astăzi Dumnezeu însuşi l-a invitat în conac. *Hm, vulpoiul batran pregateste ceva.* Satan il privea pe Dumnezeu ca si cum era mai in varsta decat el in ciuda faptului ca amandoi erau aproape de aceeasi varsta, 'aproape' insemnand cateva milioane de ani in plus sau in minus.

"La naiba! Li s-a dat libertatea de a alege ce este bine sau nu pentru ei şi nici nu ştiu ce să facă cu asta", a spus Dumnezeu în timp ce il conducea pe Satan către imensul salon alb cu două candelabre de cristal atârnate de tavanul boltit in stil baroc.

La recomandarea lui Dumnezeu, Satan s-a aşezat confortabil pe scaunul tapitat cu catifea violet din faţa mesei gotice de marmură albă cu pătrate de şah din abanos alb şi negru încorporate în ea. Pariul pe care il facusera cu ceva timp inainte includea şi acea masă. Dumnezeu fie urma sa o pastreze fie urma sa i-o dea lui Satan, care pur şi simplu ar fi adorat să o aibă împreună cu piesele de fildeş sculptate perfect.

" 'Dacă Hong Kong eşuează, totul va eşua' ", a spus Dumnezeu şi s-a poziţionat pe scaunul situat vizavi de locul unde stătea Satan. Întotdeauna am spus asta, dar nu mulţi, cu excepţia celor care au luptat pentru libertate, au avut urechi să audă ce am declarat. În momentul în care am văzut acele brute îmbrăcate în tricouri albe bătând oamenii cu bastoane în metroul din centrul oraşului Hong Kong, am ştiut ce au de gând. Ştiam că cei care luptau pentru libertate nu aveau şanse să lupte împotriva acestui tip de rău. Acei clovni profesionişti păreau foarte bine organizaţi, în timp ce cei care luptau pentru democraţie erau ghidaţi de o puternică dorință de a continua să trăiască într-o democrație inradacinata nu cu putine sacrificii."

Dumnezeu părea destul de infierbantat în discursul său. Satan s-a simțit puțin jenat când l-a auzit vorbind despre rău, deși el însuși nu a comis și nu ar fi comis niciodată un act de rău pur. Totul era de fațadă. Rolul lui, la fel ca rolul lui Dumnezeu, era doar o formalitate—de a da oamenilor impresia că sunt ghidați de ceva, de a nu se simți lăsați în seama nimănui. Oamenii aveau nevoie de o figură parentală. Aveau nevoie să se simtă iubiți de cineva, mai ales când nimeni altcineva nu-i iubea. De fapt, nu era nevoie de Dumnezeu sau Satan, deoarece Universul se replica singur, si facuse acest lucru de nenumărate ori în trecut. Prin urmare, ei se întrebau adesea care era rolul lor în univers.

"Alb sau negru?" a întrebat Satan.

"Alb, prietene, mereu alb", a spus Dumnezeu și punandu-si doua degete sub barbie a inceput deja sa se gandeasca la o strategie care sa-i aduca victoria in fata lui Satan. "Se pare că brațul lung al comunismului și-a atins scopul," a continuat Dumnezeu, "de a distruge orice formă de disidență și de-a-o face cu cea mai mare brutalitate. Au arătat lumii întregi cât de fragilă poate fi libertatea. Răul deghizat a câștigat din nou, așa cum a făcut-o de atâtea ori în trecut."

"Hmm, de aceea au creat virusul Corona în laboratoarele chinezești și l-au eliberat intenționat încât protestele din Hong Kong să înceteze, deoarece Partidul Comunist Chinez era batjocorit de către Hongkonghezi."

"Și s-au oprit. Voilà!" a spus Dumnezeu si a făcut prima mișcare pe masa de șah. 'C4.' *Deși se mișcă precaut si încet, si sunt dependenti de altii, pionii sunt cei mai devotati. Ei sunt capabili de sacrificiul suprem desi de multe ori o fac degeaba.*

"Hm... Nu este corect să ai întotdeauna prima mişcare", a spus Satan şi a mutat la randul lui. „B6." *Pionii vor incasa glonţul pentru stăpânii lor. Cui îi pasă de asta?*

"Ei bine, eu sunt Dumnezeu. Tu esti Dumnezeu?" Dumnezeu a zis, oarecum iritat la ideea de a pierde prima mutare la sah. "Revenind la ceea ce ne preocupă cel mai mult... Cum pot oamenii cu umbrele deschise să lupte cu un sistem atat de vicios? Nici măcar cei mai indarjiti nu o pot face. Odată ce răul s-a dezlănţuit, este aproape imposibil să-l opreşti. Este vorba despre o comandă care trebuie îndeplinită până la atingerea scopului. Şi ordinul era să termine demonstraţiile şi pe cei care le-au creat."

"Gresit! Chiar şi cuvintele au puterea de a schimba lucrurile."

"Ha ha ha! Esti foarte naiv daca inca crezi asta. Au trecut vremurile în care cuvintele erau mai puternice decât săbiile. Cuvintele sincere nu mai înseamnă nimic pentru ei. Se pare că nici măcar rebeliunile nu mai pot rezolva nimic. Numarul dictatorilor este în creştere şi sunt mai îndrăzneţi decât au fost vreodată." *Tipul asta e disfuncţional!*

"Nu pot sa cred că suntem neputincioşi în faţa unui asemenea rău", a spus Satan.

Era foarte bine cunoscut faptul că, de-a lungul întregii evoluţii, cel mai puternic şi mai mare i-a dominat pe cei mai puţin puternici şi Dumnezeu părea sa creada cu fermitate lucrul asta. "Cel mai mare este si cel mai puternic", a spus el. "Aşa s-au format marile imperii. Peştele cel mare intotdeauna îl va inghiti pe cel mic. Asta este natura! Foarte simplu. D4.' *Pionii nu te vor dezamăgi atunci când ai nevoie de ei cel mai mult.*

Concentrează-te! Poţi să-l învingi! De când Dumnezeu vorbea despre evoluţie? se întrebă Satana. În ceea ce îi privea pe oameni, acestia păreau indusi in eroare din ce în ce mai mult. Păreau ca prezinta răul ca şi cum ar fi fost binele şi asta a facut din oameni un caz foarte problematic.

"Este vorba despre supravieţuirea celui mai apt. Aşa a fost întotdeauna," a continuat Dumnezeu, nepermiţându-i lui Satan suficient timp să riposteze. "Cine va avea cele mai frumoase femei? Cel mai bogat şi cel mai dur le va avea întotdeauna. De câte fete frumoase nu a fost îndrăgostit în secret un baiat sărac? Şi din acele fete, cu câte a avut o relaţie? Iti spun eu: CU NICI UNA! Este evident că il vor alege pe bătăuş în locul omului cinstit. Este nevoie doar de puţin mers macho şi de o îndoire a muşchilor lor şi asta este suficient pentru a supune minţile oamenilor. Altfel spus, se pot cuceri masele cu înfăţişarea fizica. Cât despre alegerea bătăuşului în detrimentul omului cinstit, ce exemplu poate fi mai bun decat Barbarosa împotriva lui Iisus Hristos. Omul timid şi cinstit nu va ieşi niciodată în evidenţă."

"Uneori, oamenii trebuie să facă lucruri nu tocmai bune pentru a supravieţui," Satan a spus. "Imaginează-ţi o lume fără rău. O lume perfectă. Nu ar fi plictisitor? Oamenii ar înnebuni din cauza asta. Este în natura umana să caute necazuri. E6.' *Pionii îşi vor da viaţa pentru regii şi reginele lor, astfel încât acestea să poată trăi în lux şi bogăţie. Prostii!*

"Ştiu ce vrei sa spui... La urma urmei, eşti Satan. Ai dreptate; paradisul nu poate fi niciodată paradis fără iad. Pentru ca cineva să vadă paradisul – mă refer la paradisul adevărat – trebuie să treaca prin iad mai intai. A te fi născut rege sau într-o familie bogată nu te pune neapărat într-o poziţie perfectă. Oamenii, ca şi animalele, trebuie să lupte pentru a-şi menţine echilibrul pe tot parcursul vieţii, uneori chiar înainte de naştere. Lupta adevărată începe din copilărie."

Satan se concentra asupra următoarei mişcări. Dumnezeu încă-l făcea să se simtă îngrijorat cu felul lui de a vorbi. "Sunt condamnaţi?" intreba el.

"Cine? Oamenii? Nu încă."

"Cât timp le dai?"

"Cel mult o sută de ani.

"Doar atat? Unii dintre ei sunt încă civilizaţi. S-ar putea să dureze mai mult decât atât."

"Atunci de ce bogaţii au început să construiască buncăre în valoare de miliarde pentru ei şi anturajul lor? Poate că ei ştiu ceva ce oamenii obişnuiţi nu ştiu încă? Este suficientă o sclipire pentru ca anarhia să erupă şi apoi să se răspândească ca celulele canceroase. De la anarhie la autodistrugere, este nevoie de doar un pas pentru a pune capăt lumii. Nu uita de arsenalul atomic la dispoziţia oamenilor. Nu vor fi învăţat niciodată din greşelile lor uriaşe, cu atât mai puţin din cele mici. Aduti aminte cât de aproape au fost de dezastrul nuclear: Războiul Rece. Nimeni nu ar trebui sa uite asta. În zilele noastre, când nebunii s-au răspândit în întreaga lume ca iarba pe mormintele uitate, bombele atomice au ajuns pe mâinile unor indivizi cu mintile tulburi. Şi ceea ce este mult mai rău este că fiecare creatură de pe Planeta Pământ este la cheremul acestor indivizi. Înţelegi că oamenii cinstiţi au de-a face cu psihopati si asta este cel mai rău coşmar al lor? 'Dacă Rusia nu există, atunci nu are rost ca restul lumii sa existe,' asta a declarat Putler, dictatorul rus. El este deja pe lista marilor criminali căutaţi ai lumii. Este un mafiot, iar acoliţii lui se poarta de parca ar face parte din 'Cosa Nostra.' Nu glumesc. Tipul ăsta este îngrozitor pentru umanitate, deşi există persoane care îi susţin aşa-numita 'operaţiune militară specială.' Nu mă refer la slugile care nu au altă opţiune în afară de a-şi urma şeful, deoarece ei înşişi sunt corupţi până in maduva oaselor, mă refer la aşa-zişii indivizi spălaţi pe creier. Se presupune că sunt milioane. În acest caz, avem un exemplu clasic de oameni care confundă răul cu binele.' Dumnezeu a simţit o mâncărime într-un anumit loc. El a vrut să se scobeasca in nas, dar nu a putut să o facă în faţa lui Satan. De asemenea, simtea ca ar vrea sa elibereze un vant, dar s-a abţinut să o facă, deşi acea necesitate fiziologică (în definitiv umană) părea mai puţin jenantă decât să se scobeasca in nas. 'A3.' *Pionii nu par deştepţi, dar mereu sunt gata de sacrificiul suprem chiar si nejustificat.*

"Sunt terminati atunci?" a întrebat Satan şi l-a privit pe Dumnezeu într-un anume fel. Cel Atotputernic părea să ascundă ceva. Ce ar fi putut fi? se întrebă el.

"Da, fara dubii."

"Nici o şansă? Dacă tiranul joaca la cacealma când vorbeşte despre arsenalul atomic de care dispune Rusia? Eu cred că şantajează întreaga lume pentru a-şi putea continua regimul ucigaş şi războiul din Ucraina. La urma urmei, tipul asta nu este chiar atât de inteligent. Îţi spun eu că Putler nu este mai deştept decât o raţă. Raţa îşi va găsi întotdeauna drumul înapoi spre casă, zburând mii de mile peste un teritoriu necunoscut, pe cand Putler, daca ar fi privat de toate îndatoririle şi bunurile sale, care dealtfel nu sunt putine, si lasat la periferia oraşului său natal, el ar tremura din toate incheieturile şi nu putem garanta că ar supravieţui o zi întreagă printre oamenii simpli. Şi sunt sigur că mulţi ruşi sunt oameni simpli şi cumsecade. F5.' *Forţati sau nu, pionii sunt mereu în linia frontului, uneori chiar mergând mai departe, pe un teritoriu necunoscut, salvând un frate sau doi din morţi, fara doar si poate.*

"Ar putea fi cacealma sau poate nu. Putler a făcut destul de rău umanitatii doar vorbind despre folosirea arsenalului atomic. Procedând astfel, a deschis calea către viitor. Pentru ca asa se construieste viitorul; mai întâi în minte, apoi în realitate."

"Este scris în ADN-ul omului să piară din cauza propriei prostii. Oamenii sunt egoişti în general, şi egoismul lor combinat cu ego-urile lor nebuneşti va duce la dispariţia lor."

"Şi cel mai ironic lucru este că au scris despre toate astea. Chiar şi despre Sfârşit," Dumnezeu a spus si a facut urmatoarea miscare. "Nc3.' *Cavalerii sunt curajosi şi credinciosi.*

"Te referi la Biblie?"

"Da."

"Ei bine, a fost scrisa de oameni."

"Și pentru oameni. Este un avertisment care vine din trecut și totuși ei sunt prea orbi să-l vadă așa cum este. Cum pot ei repara erorile trecutului când nici măcar nu pot citi trecutul?"

"Trebuie să existe o cale de ieșire din asta. Nu toți oamenii sunt proști," Satan a spus, simtindu-se mult mai increzator in vorbele lui.

"Este adevărat, dar prostia depășește inteligența. Aproximativ 99% din populația umană este proastă."

"În nici un caz nu pot fi de acord cu tine. Nf6." *Cavalerii, deși par deștepți, nu pun nimic la îndoială.*

"Cui îi pasă dacă ești sau nu de acord cu mine. Este ceea ce este."

"Și cum ai ajuns la concluzia asta?"

"Ascultă la mine. Am spus că oamenii din Honk Kong au luptat pentru libertate, pentru democrație; și totuși, dacă diseci o democrație și o reduci la fiecare individ in parte, nu o mai putem numi democrație. Ceea ce fiecare individ de pe pământ pretinde că este adevărul este fie abstract, fie de neatins. Oamenii nu au fost si nu vor fi vreodata liberi. Au venit din apă și în apă se vor întoarce, dacă intelegi ce vreau să spun. Viața este ca o sentință pentru ei, cu mintea prinsă într-un corp," Dumnezeu a spus si s-a uitat la Satan piezis.

"Este absurd ce zici! Vorbesti prostii! Nu mai pot asculta prostiile tale. Sunt oameni care se bucură de viața lor." *S-ar putea să mute la g3.*

"Este o iluzie. Viața este plină de durere. Începe cu procesul nașterii."

"Viața este interesantă, încă cred asta."

"Ascultă la mine! O societate se bazează mai ales pe anarhie. Întregul univers se bazează pe anarhie. De aceea avem această planetă numită Pământ, care poate susține viața în timp ce alte planete din spațiul apropiat nu pot. Si ghici ce? Au stricat-o! Întrucât societățile se bazează pe miliarde de anarhii minuscule, ele pot cădea precum castelele făcute din nisip. Sunt majoritatea oamenilor proști sau nu? G3." *Pionii o vor face. Într-o zi, ei îi vor depăși pe cavaleri.*

Știam eu! "Încă cred că au o șansă," Satan a zis si si-a scos pieptul in afara.

"Nu fi prost! Sau idiot! Nu există nici o șansă acolo. Fii barbat! Jocul s-a terminat! Restul este bla, bla, bla." *La naiba, nu stiu cat o mai pot tine.*

Faceau asta foarte des; din moment ce erau prieteni, Dumnezeu și Satana isi permiteau să arunce cu cuvinte grele unul in altul, totuși, eliberarea unui vant în fața unui oaspete sau gazdă parea un lucru foarte jenant, făcându-i să semene cu oamenii, lucru care nu și-l doreau. Nici unul dintre ei nu ar fi dorit să dea semne de slăbiciune.

"Masele nu au creier," a spus Dumnezeu, "dar mințile tuturor oamenilor, atât proști cât și deștepți, sunt conectate la Univers. Nu pot să înțeleg nici măcar cum asta este posibil. Pur și simplu nu pot să-mi explic."

"Hmm... Dacă mă gândesc mai mult... există mult adevăr în ceea ce ai spus. Bp7." *Episcopii sunt vicleni și deștepți. Uneori atacă atunci cand nu te-astepti si o fac cu viteza luminii.*

"Ha ha ha! Iata-te! Încetul cu încetul, iti vii în fire. Ceea ce încerc să spun aici este că oamenii sunt foarte debusolati cand vine vorba de propria lor soarta. Ca sa-ti poti da seama despre ce vorbesc, să luăm un exemplu concret: România, 2019. Președintele Camerei Deputaților, Dracnea, șeful Partidului Social Democrat, a fost luat aproape de pe scaunul de deputat pentru a-si ispăși pedeapsa cu închisoarea, asta intamplandu-se la vremea când se presupunea că el era premier de facto și premierul Dracila era doar o marionetă într-un guvern afectat de corupție ridicată.

Din moment ce Dracnea era un conducător autoritar, mulți se temeau că România era pe punctul de a reveni la comunism. In opinia mea, si a multor oameni de bine, acest lucru s-a evitat doar pentru că România făcea parte dintr-o anumita uniune și oamenii au protestat vehement împotriva comploturilor făcute de 'politicienii' romani cu ușile închise, împotriva corupției care a afectat România din 1989 si cu mult timp inainte. Nf3." *Cu miscarea potrivita, cavalerii sunt din nou deștepți.* "În 2017, România a avut cele mai mari proteste după căderea comunismului. A fost numită ,Revoluția luminii,' pentru imaginile cu telefoanele mobile care au luminat cerul deasupra râurilor de protestatari."

"Și trecuseră doar 30 de ani de când vechiul sistem autocratic cazuse,' a spus Satan și a mimat o mișcare pe masa de șah doar pentru a se răzgândi o secundă mai târziu, prefăcându-se în schimb ca se scarpina la urechea dreaptă.

Tipul ăsta este un fals. "Da, dar genul ăsta de jocuri s-au mai jucat înainte, chiar dacă la o scară mai mare", a spus Dumnezeu. "A fost jucat de Vladolf și de succesorul său, Vedmedev, în 2008, respectiv 2012, când din prim-ministru Putler a devenit din nou președinte. Este clar că Vedmedev a fost doar o marionetă în jocul Machiavelic al lui Putler.

"Cei care nu au văzut jocurile jucate de Putler și pionii lui au fost fie orbi ori au jucat prost, și prin urmare, au o mare responsabilitate pentru greșelile lor. Au exprimat vreodată conducatorii Rusiei remușcări pentru violurile comise de soldații ruși după ce aceștia au intrat în Berlin în 1945, sau acestea sunt considerate daune colaterale? Chiar și marele scriitor Vasilly Grosman a scris într-una dintre cărțile sale despre actele animalice comise de camarazii săi asupra femeilor germane. Și pentru asta a fost pedepsit de statul rus, extraordinara sa carte 'Viața și soarta' interzisa. A fost atât de supărat, încât la scurt timp după acea lovitura, el s-a îmbolnăvit și a murit de cancer la stomac. Acesta este un exemplu clasic de a interzice adevărul să fie rostit cu voce tare. Sub o dictatură, adevărul va fi întotdeauna suprimat. Bd6.' *Episcopii sunt mai deștepți decât cavalerii.*

Dumnezeu nu a avut niciodata încredere în Satan, dar acum Satan părea să fie pe aceeași pagină cu el, ceea ce i-a dat speranța că într-o zi vor rămâne amândoi de aceeași parte, adică Iadul și Raiul uniți așa cum fuseseră cândva, inainte de Marea Imparteala a universului. Dar asta nu trebuia să se întâmple până în ziua Apocalipsei.

"Evident că celor din conducerea guvernului nu le place ca adevărul să fie spus cu voce tare în Rusia, cu atat mai mult în zilele noastre", a spus Dumnezeu. „Se datorează faptului că ororile trecutului au rămas nerezolvate și vor rămâne așa până când aceasta chestiune va fi adusă în discuție de către oamenii decenti rămași care ii vor pedepsi pe cei responsabili (chiar și în absență) pentru actele criminale comise împotriva propriului popor. Până atunci, trecutul îi va bântui pe ruși si in morminte. Bg2." *Episcopii cer răzbunare.*

"Putler este doar un vagabond, un personaj care se vrea să para macho. El a păcălit o lume-ntreaga cu schemele sale machiavelice și caracterul sau presupus a fi plin de duh. Sunt surprins ca a devenit președinte în primul rând, având în vedere că a fost membru al criminalului KGB. Mă întreb cum ar fi stat lucrurile dacă Boris Elțin l-ar fi ales pe Boris Nemțov ca succesor al său în 2000," a spus Satan și s-a întrebat cum ar fi gestionat Dumnezeu Iadul, deoarece se simțea viitorul câștigător al jocului de șah aflat în desfășurare. El s-a simțit încurajat de lipsa de acțiune a lui Dumnezeu. "O-O." *Uneori, o remiză este cea mai bună. Dar nu azi.*

"Ei bine, știm cu toții cum Putler a rămas la putere: prin eliminarea adversarilor săi politici și a celor care au vorbit împotriva lui și a grupului de indivizi lacomi care-l inconjoara. Păcat că oameni demni precum Boris Nemtsov, Anna Politkovskaya, Alexey Navalny au sfarsit asa cum au sfarsit, eliminați de criminali care țin de politica lui Putler. Daca era sa intervin, eu l-as fi închis pe Putler într-o cameră și îi cântam cântece religioase in urechi până se satura. Atunci as fi pus mai multă muzică. Și să vedem dacă mai facea el semnul crucii cu atata inversunare. Putler este un mare fals și ipocrit! Cel mai mare fals pe care l-am văzut în lunga mea viață. Un mai mare fals decat un fals grosolan al Giocondei lui da Vinci," Dumnezeu a spus, spranceana-i stanga ridicata amenintator.

"Ai observat că dictatorul a început să poarte ceasuri de aur pe mâna dreaptă, la fel ca si acolitii lui?" Satan a intrebat.

"Hm... Poate pentru că și-au dat seama că sunt de stânga. O-O." *Nu va câștiga el acest joc.* "Mă întreb cum de a fost posibil ca Angela Berkel, Cancelarul Germaniei, sa faca afaceri cu Putler după toate șaradele pe care dictatorul le-a jucat in vazul tuturor. A fost ea doar o proastă sau a jucat un rol? Îți amintești cum a întâmpinat-o Dictatorul cu câinele acela uriaș în biroul lui? Asta pentru a o face să se simtă stanjenita și pentru a obține maximum de la ea. Asa a reusit sa finalizeze conducta de gaz metan Nord Stream in prezent defunctă. Acea conductă a fost si este o rușine pentru întreaga umanitate. Ce a fost in capul acelei femei?"

"Putler este unul dintre cei mai răi ucigași în serie din istoria omenirii, pentru că, pe lângă uciderea a zeci de mii de soldați ale căror familii sunt afectate pentru totdeauna, el a ucis mii de copii, bărbați și femei fără discriminare."

"Este dezgustător ce a făcut. Chiar dacă nu a apăsat pe trăgaci, alții au făcut-o pentru el, la ordinele lui."

"Oricum, nu crezi că mai există o șansă ca oamenii să revină la normal?

"Văd că inca continui să fii încăpățânat. Și totuși... Dacă mă gândesc bine, chiar dacă ar fi fost condamnați de la început, ca orice altă creatură de pe Planeta Pământ, oamenii ar putea avea totuși șansa de a rămâne specia dominantă a Pământului pentru inca un timp, poate chiar cinci sute de ani. Dar revenirea la normal... Normal pentru unii oameni nu înseamnă deloc normal pentru ceilalti.”

“Ce şansă? Spune-mi te rog! Şi da, sunt încăpăţânat. Qe8.' *Reginele pot fi doamne sau doar curve.* Satana a simţit adrenalina curgându-i în sânge în timp ce a mutat regina un patrat la stanga lui.

“Aşteaptă o clipă! Nu fi prea entuziasmat. Există o şansă, dar totuşi depinde de ceva”, a spus Dumnezeu fără să-şi ia ochii de la masa de sah.

“Mă tachinezi? Spune! Ce sansa?”

“Dacă s-ar transforma în roboţi. Re1.” *Deşi îşi fac treaba cu precizie, turele pot fi si trişori. Niciodata sa nu ai incredere intr-o tura.*

“CE?!”

“M-ai auzit bine. Dacă s-ar transforma în roboţi, oamenii ar putea supravieţui.”

“Nu este inteligenţa artificială suficient de bună?”

“Nu, mă tem că nu mai este timp pentru asta. Cu atât de mulţi dictatori care rătăcesc pe Pamant...”

“Sa scape de dictatori atunci.”

“Cum sa faca asta? Sa-i impuste? Sa-i otraveasca? Nici măcar o muscă nu se poate apropia de ei fără să fie ucisă.”

“Hmm... Un gândac. Asta ar fi solutia. Ar putea inventa un gandac care să le intre prin toate orificiile şi să-i omoare din interior.”

“Hm...” *Cred că l-am subestimat. Cum de nu m-am gândit la asta până acum?* “Ceva care să le omoare ego-urile...” a spus Dumnezeu şi l-a privit pe Satan în ochii săi negri si sticlosi. Nu putea să-şi vadă reflexia şi asta l-a îngrijorat. În acel moment, a stiut ca urma să piardă jocul în faţa lui Satan.

Oricum nu avea de gand sa cedeze asa de usor. "Vezi tu," a zis el, "ceea ce face de fapt un bărbat sau o femeie să se comporte ciudat este ego-ul lor. Ego-ul oamenilor este miezul evoluției și decăderii lor. Și acum să revenim la chestia cu dictatorii. Nici măcar nu este vina lor. Știi cum este creat un dictator și de ce este nevoie pentru ca acesta sa piarda contactul cu realitatea? Ego-ul unui dictator este susținut în principal de prostie și supunere – masele sunt captivate de aparențe."

"De multe ori mă întreb cum a fost posibil ca o națiune precum Germania să cadă prada uneia dintre cei mai mari manipulari din istorie a omenirii," Satan a spus si pentru un moment s-a simtit ca si cum ar fi fost singurul supravietuitor al universului. "Ei, așa-zișii oameni civilizați, au fost subjugati de mintea unui singur individ — Adolf Hitler. Este exemplul perfect al modului în care răutatea poate învinge binele, pentru că au fost mulți oameni bine intenționați printre cei care au urmat ordinele împotriva umanității cu atâta precizie și meticulozitate." Qh5.' *Reginele merg drept la țintă.*

"Vezi? Ce ți-am zis eu? Nu este cea mai mare parte a populației formată din proști?"

"Ce legătură are prostia cu răul?" Satan s-a simțit manipulat de Dumnezeu. Ce avea Dumnezeu și el nu? Erau de aceeași vârstă. Inteligență? Adesea simțea că-l depășește pe Dumnezeu in inteligenta."

"Prostia ajută răul să apară și să prospere. Este unul dintre cei mai puternici piloni pe care prostia se sprijină. Dacă nu ar exista prostie pe Pământ, răul ar fi mai slab, chiar neesențial, adormit. Numai cu ajutorul oamenilor proști, răul poate fi pus în practică. Desigur, un alt factor care ajuta la preaslavirea raului este lăcomia. Cei a căror integritate poate fi supusă de bogăție sunt cei mai lacomi. Și asta este valabil și pentru oamenii deștepți. Nh4." *Nu intotdeauna, un cavaler are capacitatea de a îmblânzi o regină.*

"Cum ar fi dacă oamenii ar începe să se conduca singuri?" Satan l-a intrebat pe Dumnezeu. "Sa scape de politicieni şi de politică."

"Si cum crezi ca ar fi posibil?"

"Ar fi. Legile ar fi încă acolo, dar dictaturile nu ar fi permise în noul sistem. Prin urmare, as propune un sistem în care sa nu existe autoritate absoluta asupra oamenilor. Oamenii ar vota legi, nu lideri. Practic, ar fi imposibil să fii corupt pentru că nu ar exista niciun motiv pentru corupţie, deoarece nu ar exista şefi care să favorizeze corupţia. A avea un loc de muncă în administraţie ar fi ceva voluntar."

"Hmm... Ideea pe care tocmai ai propus-o – este la fel ca oamenii care se transformă în roboţi."

"De ce nu se răzvrătesc?"

"Cine? Popoarele aflate sub dictatură? Cu siguranţă o fac din când în când, cel puţin unii dintre ei, cei care nu vor să aibă nimic de-a face cu actele odioase comise de propriul lor popor. Aceştia sunt aşa-numiţii eroi; singurii în astfel de circumstanţe."

"Si restul?"

"Unora dintre aceştia, deşi există o mulţime de oameni inteligenţi printre ei, le este prea frică să facă ceva pentru a preveni comiterea faradelegilor. Mai mult, uneori, ei preferă să ţină ochii închişi când se comite vreo faptă urata şi uneori chiar să ia parte la comiterea ei. Ei nu şi-au asumat niciodată vreun risc. Sunt lucrurile clare acum?" *Poate pot elibera un vant fără să fiu prins.* Dumnezeu isi pierduse rabdarea. Voia ca partida de sah sa se incheie cat mai repede.

"Nici pe departe!" Satan a spus. "Încă mă întreb cum poate un singur individ sa manipuleze milioane, chiar miliarde de oameni. Cum poate un ins care mănâncă, bea si elimina ca orice alt om sa ajunga la statutul de zeu pe Pamant? Cum a ajuns Putler la poziția în care este în prezent? Bxg2." *Episcopii sunt progresiști în zilele noastre. Ei nu mai folosesc otrava pentru a-si elimina oponentii.*

"Acestea sunt întrebări foarte bune care necesită răspunsuri complexe. După cum am mai spus, nu este vorba doar despre un singur individ. Există și alți indivizi care ajută un dictator să devină un dictator complet. Un dictator va rămâne dictator toată viața, pentru că a fost scris in ADN-ul lui că acesta va ajunge dictator. Desigur, un dictator este adesea ajutat de o mulțime de circumstanțe si alti factori. Să luăm cazul lui Adolf Hitler. Acesta a fost respins de Academia de Arte Frumoase din Viena. I s-a taiat elanul de artist ca sa zic asa. Sunt voci care sustin că altfel ar fi fost lumea dacă Hitler ar fi fost acceptat la Academie. Oricum, eu nu sunt 100% sigur de asta. Chiar daca ar fi fost acceptat el ar fi putut abandona viata de student (poate ar fi considerat-o plictisitoare si conformista) și ulterior să se înroleze în armată, urmand aceeasi calea pe care a urmat-o. Nu poți lupta cu destinul. Oricum neadmiterea la Academie, l-a marcat profund pe Hitler, acesta fiind unul din faptele hotaratoare care l-au facut sa porneasca pe calea dictaturii."

"Există un destin? Nu poate omul să-și construiască propria cale?"

"Desigur ca exista. Uită-te la noi. Nu am fi aici dacă Stăpânul nostru nu ar vrea să fim aici."

'Este adevărat. Spune-mi, te rog, cum de inca nu au avut pamantenii o femeie dictator?

"Așteaptă și vezi. Dacă regimul ucigaș din Coreea de Nord va supraviețui – și există o mulțime de semne care arată că mai are inca semne de potenta in el – atunci am putea fi martorii celui mai rău dictator din istoria omenirii. Vorbesc despre sora actualului dictator. Acea femeie e intruchiparea raului suprem; imi pot da seama de asta după sclipirea din ochii ei. Nxg2." *Nu exista loc de greșeala atunci când cavalerii fac ceea ce știu ei sa faca cel mai bine—sa lupte pentru binele altora si sa castige Marea Batalie.*

"De ce inca contează Tiananmen?" Satan l-a intrebat pe Dumnezeu. "De ce trebuie trecutul justificat pentru ca libertatea să prevaleze?"

"Acele acte atroce — masacrul de la Tiananmen, doar un exemplu reprezentativ — au rămas nerezolvate, cei care i-au ucis pe cei care protestau în favoarea libertății de exprimare nu au fost niciodată pedepsiti. Ei nu pot merge înainte dacă ignoră trecutul."

"Și cum pot fi rezolvate nedreptățile din trecut? Pare o sarcină imposibil de rezolvat. Ng4.' *In cele din urma, un rege trebuie să-si sacrifice cavalerii pentru a câștiga bătălia finala.*

"Foarte simplu – recunoscându-și vina și condamnându-i pe cei vinovați chiar si in lipsa. Există un sentiment puternic că mai devreme sau mai târziu vor lua Taiwanul. Taiwanul, așa cum îl știu oamenii de bine, va înceta să mai existe. Este o chestiune chineză și va fi rezolvată ca atare. Între Taiwan și China, problemele vechi au rămas nerezolvate. Și, desigur, este posibil ca acest conflict să declanșeze în cele din urmă al treilea război mondial. Simulând războiul, China a declarat război Taiwanului."

"Vrei să spui că războiul a început deja?"

"Poti sa stii ca da. Știi ce este cu adevărat ridicol? Statele Unite ale Americii au ajutat China să crească investind masiv acolo, luând profituri uriașe în buzunarele bogățiilor, iar acum China ripostează mușcând mâna celor care i-au „civilizat". Și știți ce au făcut SUA în ultimii ani? Poziția lor manipulativă a declanșat de fapt formarea a ceea ce se numește „Frăția tuturor dictatorilor". Conducătorii Chinei, Rusiei, Iranului, Coreei de Nord sunt cu toții manjiti de sânge, iar mai multe țări sunt pe cale să le calce pe urme. India, unde polițiștii bat oamenii cu bastoane de lemn, este un candidat puternic în acest sens. Nu este interesant cum se repetă istoria? H4." *Pionii merg drept spre mormintele lor. Ei sunt marii anonimi. Nimeni nu-si va aduce aminte de ei pentru cine au fost cu adevarat.*

"Ti se pare corect să ai ca oaspete un criminal de război şi să-l întâmpini cu onoruri militare? Asta a făcut Winnie-the-Pooh pentru Putler. Este un exemplu de a pune răul în lumina reflectoarelor, o ruşine monstruoasă, după părerea mea. Şi să-i văd pe Putler şi pe Kim Ong-Jung chicotind în timp ce conduceau pe rând acea limuzină rusească mi s-a părut cu totul ciudat şi dezgustător. Semănau mai mult cu Muppets decât cu orice altceva. F4." *Pionii vor fi marii câştigători.*

"A te da in spectacol pentru un criminal de război este absolut dezgustător, sunt intru totul de acord cu tine. Oricum, un alt exemplu din trecut ramas nerezolvat este revoluţia care a avut loc în România în Decembrie,1989, când peste o mie de oameni au fost împuşcaţi şi cei care au apăsat pe trăgaci nu au plătit niciodată pentru asta. Chiar şi după treizeci de ani şi este încă un caz care asteapta sa se judece. Este un record de genul acesta! Cu siguranta se asteapta ca principalul vinovat sa moara ca sa-l poata condamna. Dar este o mare diferenta intre a condamna un vinovat in lipsa si a astepta ca acesta sa moara ca sa poata fi condamnat. Aici nu mai poate fi vorba de trecut reabilitat. Poate de aceea există atât de multe disfuncţionalităţi în societatea românească şi trecutul încă bântuie oamenii de acolo. Este un exemplu perfect al uneia dintre numeroasele erori rămase nerezolvate. Pur şi simplu nu pot merge înainte dacă nu repară acele erori. Este ca un blestem pentru ei. Şi imaginaţi-vă că peste cinci milioane de oameni au plecat din Romania spre alte locuri. Este unul dintre cele mai mari exoduri voluntare care s-au întâmplat vreodată in istoria scrisa a omenirii. Echivalează cu un genocid sau o sinucidere in masa. Bxf4." *Cateodata, violenţa trebuie folosita împotriva violenţei.*

Mutarea lui nu a fost deloc inteligenta. "Bxf4. " *Atacul este cea mai bună apărare.*

Pierd teren în fața acestui tip. Poate l-am subestimat. Poate ar trebui să schimb strategia. Distrage-i atenția! "Uciderea familiei Romanov din ordinul lui Lenin, arhitectul comunismului din Rusia—în opinia mea, un alt oportunist deranjat—este un alt exemplu semnificativ al modului în care unii oameni se confruntă cu trecutul. În timp ce criminalii care au ucis familia țaristă au obținut locuri de muncă în cadrul aparatului de stat, chiar avansați în grad, un criminal care a participat la crime este îngropat lângă un fost. presedinte al Rusiei. Atâta timp cât Lenin, un criminal care și-a acoperit foarte bine crimele, va fi simbolul lor național, lucrurile nu vor merge deloc bine în Rusia. Chiar și Papa ar fi de acord cu mine în acest sens. De ce avem un război în Ucraina?" a continuat Dumnezeu dupa un rastimp de cateva secunde. "Pentru că nimănui în Rusia nu i-a păsat suficient de mult pentru a aduce aceste chestiuni în prim plan. Prin urmare, a fost haos în trecut și există haos în prezent. Rusia este un stat eșuat, moral vorbind, și așa va rămâne atâta timp cât trecutul nu va reparat. La fel cu toate țările care sunt afectate de corupție. Există corupție și înșelăciune peste tot, dar în unele locuri este monstruos mai mare decât în altele. Rusia este exemplul perfect în acest sens."

"Ce parere ai de corupția din Ucraina? De altfel una dintre cele mai urate din acea parte de lume. Se stie ca după ce a început războiul, un numar mare de bărbați i-au mituit pe ofițerii vamali pentru a putea părăsi țara in mașini mari și scumpe, lăsând toată povara asupra celor care au rămas în urmă, in mare majoritate oameni cinstiti. I-aș pune pe toți acei lași în închisoare din motive de trădare. Este rău că oamenii cinstiți și săraci trebuie să plătească cu vietile lor si pentru acei fugari. Pot să spun că mulți dintre cei care au plecat din țară imediat dupa ce razboiul a inceput, au fost corupți până in maduva oaselor și când războiul se va termina se vor întoarce și vor aduce cu ei vechile obiceiuri proaste."

'Hm... Dacă ai fi în locul lor? Ești sigur că ți-ai da viața pentru țara ta, mai ales dacă țara respectivă nu a făcut nimic pentru tine? Vorbesc despre oamenii cinstiți, nu despre cei care au fugit cu buzunarele pline de bani. La urma urmei, este doar un loc în care cineva s-a născut și a trăit si din pacate trebuie sa moara.

"De fapt ce inseamna jertfa fata de tara?"

"Intreaba-i pe cei care au fugit de razboi."

"Ar fi putut să rămână și să lupte pentru mormintele părinților și bunicilor lor dacă nu pentru altceva. Cred că ești foarte familiarizat cu Holodomorul, genocidul produs de sovietici în Ucraina in 1932-1934. Nu e de mirare că ucrainenii nu vor să aibă nimic de-a face cu rușii și si-au aratat ura față de ei chiar înainte de război. Și aveau dreptul să facă asta. Rușii au făcut aceleași lucruri teribile Republicii Moldova. Practic, ei au făcut un experiment de rasă acolo, ducându-i pe moldoveni in lagare – dintre care majoritatea nu s-au întors niciodată – ca apoi sa-i înlocuiasca cu proprii lor oameni. Mă întreb adesea cum de oamenii din Republica Moldova înca mai vorbesc limba rusa avand in vedere ca este limbajul agresorului."

"Cea mai mare greșeală a lui Putler a fost că a început un război la vârsta de 70 de ani. Hitler l-a început înainte de 50 de ani și tot a pierdut războiul. Vă puteți imagina un bătrân de 70 de ani purtand un război împotriva unui „tigru" de 40 de ani? Este cu totul dezgustător si rusinos."

"Ai ceva împotriva bătrânilor? Eram pe cat să spun că și tu vei fi un bătrân neputincios, dar am uitat că nu ai vârstă."

"Este evident că lumea umană este dominată de gerontocrație și asta nu este în favoarea lor. Nu spun că tânăra generație este mai bună."

"Există ceva în lumea umană de care ești mulțumit?" Satan l-a intrebat pe Dumnezeu, concentrandu-se mai mult la jocul de sah, sau poate doar dadea impresia ca facea asa.

"Hmm... Asta e destul de greu de spus. Mă bucur că mai există oameni cinstiți pe pamant, atât bărbați, cât și femei."

"Crezi ca toti rușii sunt îngrozitori?"

"Desigur că nu. Nu poți judeca un popor intreg doar după niște fanatici."

"Dacă fanaticii ăia sunt majoritatea? Nu are majoritatea întotdeauna dreptate?"

"Bineinteles că nu. Și sa-ti spun si de ce. Pentru că cea mai mare parte din acești oameni se pot răzgândi destul de repede. Ei se lasa dusi de val, nici măcar instinctele nu-i ghideaza. Se numește manipulare. Nxf4." *Cavalerii pot face ceea ce alții nu pot.*

"Nu putem face ceva pentru a crește gradul de conștientizare in oameni?"

"Adica să intervenim?! Indiscutabil! Cu siguranță, eu nu o voi face."

"Pentru numele lui Dumnezeu, ești Dumnezeu! Ar trebui să faci ceva, altfel omenirea va pieri din cauza unor nebuni. Ce drept au acesti lunatici sa hotarasca soarta intregii populatii a pamantului? Există încă mulți oameni care nu se comportă ca niște sălbatici și cărora nu le este frică să spună adevărul intregii lumi."

"Celor de la putere nu prea le pasă de proprii lor oameni, de ce le-ar păsa de ce spun altii? Nu și-ar accepta niciodată vina lor sau a predecesorilor lor. Sunt prea lași și lacomi pentru a face asta. Cât despre cei a căror integritate a rămas intactă, nu știu ce sa zic, mă tem ca sunt pe cale de disparitie, daca nu au disparut deja."

"Cunosc cel puțin un scriitor care nu este un fals. Merită să fie auzit. A petrecut zeci de ani scriind cărți de care nimănui nu-i pasă. A scris G..."

"Da, îl cunosc pe tipul ăsta. Personal, îmi plac cărțile lui, dar este doar un anonim. Cuvintele lui vor fi ca praful in vant. Nimeni nu este interesat de asemenea lucruri în ziua de azi. Ar fi fost deja celebru dacă ar fi scris despre bărbați goi, puternici si bogați. Asta este noua reteta. Poate chiar ar trebui să facă asta, sa scrie despre barbati macho si femei superbe."

"Ha ha ha! Nu este unul dintre acei tipi care scriu pentru păsărică sau bani, deși a fost acuzat de lucrul asta in trecut. Știai că a avut o logodnică americană și nu a vrut să se căsătorească cu ea pentru că nu știa dacă o iubea cu adevărat sau poate că o iubea doar pentru că era americancă? De asemenea nu putea sa-si altereze starea de spirit care il calauzea la scris. De fapt asta a fost un alt motiv pentru care a preferat sa ramana singur."

"Oh, Doamne! Nu spune ca a sacrificat o dragoste adevărată pentru o carte de care nimeni nu-i pasă? Prost! Imbecil! Ar trebui să-l lăsăm să ramana așa. E un prost!"

"Nu, nu e prost! Tipul ăsta are principii. Este filozof," Satan a spus si a mutat la Rxf4. *Se pare că turele pot face ceea ce cavalerii nu pot face. Sa anticipeze.*

"*Ticalosul. Se pare ca lucrurile iau o intorsatura extrem de periculoasa.* "Cui îi pasă de filozofie în zilele noastre? Chiar și filozofii conduc MBW-uri puternice. Filosofii nu sunt ceea ce au fost filizofii in trecut. Nu par să le mai pese prea mult de filozofie. Ca preoții cărora nu le pasă de religie. Știi ce? Nu va mai exista niciodată un alt Nietzsche sau Cioran. NU! Dacă acest tip scrie despre ceea ce se întâmplă în zilele noastre într-un mod clar, ar trebui să-și numească eseurile „pamflete", astfel încât să fie acoperit. În cazul în care vor veni după el, poate spune că totul este despre umor, dar nici măcar asta nu i-ar garanta imunitatea in fata răului suprem."

"Tipul asta nu e laş. El îşi asumă responsabilitatea pentru „pamfletele" sale."

"Nu-i este frică să moară? De tortură? Ce se întâmplă dacă acei nebuni vor pune mâna pe întreaga lume, şantajând lumea cu arsenalele lor nucleare? S-ar putea să cucereasca fiecare ţară in parte, şi apoi să meargă după fiecare individ care li s-a opus. Ar putea veni şi după acest scriitor obscur. Imagineaza-ti cum ar fi fost dacă el ar fi trăit în China. Ar fi putrezit în închisoare toată viaţa sau s-ar fi putut pricopsi cu pedeapsa cu moartea. Sau poate nu-i este frica de moarte. Ai auzit vreodată de RR?"

"Cine e?"

"Un criminal în serie. Într-un interviu, el a spus că 'ucigaşii în serie fac la scară mică ceea ce guvernele ucigase fac la scară mare.' Acel tip s-ar putea rostogoli în mormânt dacă ar şti că cuvintele lui se potrivesc perfect cu ceea ce se întâmplă pe Pământ in momentul de fata. Guvernele nici măcar nu se mai ascund cand comit crime. Singura diferenţă dintre acel ucigaş şi guvernul Rusiei este că el a ucis doar câţiva oameni, în timp ce Putler a ucis mii de oameni nevinovaţi, inclusiv copii şi bătrâni. Scriitorul tău preferat nu ştie cu cine are de-a face. Oamenii aceia nu au niciun fel de scrupule. Ei nu ezită deloc când ego-ul lor este atacat. Ei sunt cei mai rai dintre cei mai rai. Oricum, nu crezi ca ar trebui să i se acorde acestui tip o medalie de aur pentru că este unul dintre ultimii gardieni ai adevărului. Merită această onoare, cel puţin pentru că a avut curajul sa spuna adevărul."

"Ha ha ha! O medalie de aur pentru un aşa-zis scriitor obscur. Cred ca glumesti! Nici măcar nu-i place aurul şi clinchetul lui. El consideră premiile doar o lăudăroşenie, o preamarire a ego-ului."

"Presupun că tipul ăsta nu vrea să viziteze Arabia Saudită în curând?"

"Nu are nicio dorinţă să viziteze un stat care îşi ucide proprii oameni pe teritorii straine."

"Bănuiesc că te referi la cazul lui Jamal Khashoggi. La momentul în care s-a întâmplat, a atins o coardă adâncă în interiorul meu. Ar fi trebuit să fie un avertisment pentru alte lucruri rele pe cale să se întâmple, în schimb, nu multor oameni le-a păsat să vorbească despre asta. Acesta este un exemplu clasic când crima este legitimată de un guvern. A-ţi ucide unul dintre cetăţenii tăi într-o ambasadă situată într-o altă ţară este o acţiune extrem de nesăbuită unica in istoria omenirii. Dincolo de orice cosmar pe care cineva si l-ar putea imagina. Şi de ce era vinovat tipul ăla? El a luptat pentru libertatea de exprimare în ţara sa natală, astfel încât „toţi cetăţenii să aibă dreptul să-şi spună părerea fără teama de închisoare. Oricum, nu înţeleg de ce scriitorul „tău" inca mai scrie? Pentru cine si ce? Ştim că a scris o carte de care nu-i pasă nimănui. De ce este atât de încăpăţânat? Este prost? Un idiot?"

"In primul rand, iţi cer să nu vorbeşti aşa despre prietenul meu," Satan a spus si a indreptat degetul aratator spre Dumnezeu.

"Oh, este deja prietenul tau…" Dumnezeu a spus si si-a ridicat amandoua bratele.

"Şi apoi," a continuat Satan, "o face pentru el însuşi. Este în sângele lui, in ADN-ul moştenit de la părinţi. Au scris şi ei cărţi. Stiai asta?"

"Oops, cred că am ratat asta. Am crezut că vrea să fie celebru."

"Nu, deloc. Pentru el, dorinţa este mai puternică decât rezultatul. Deci de ce ar trebui să devină celebru? Dacă în trecut, a vrut să devină star rock acum, are nevoie doar de pacea minţii."

"Star rock?! Oh, Doamne! Ştiam eu! Ce naiba e in neregulă cu tipul ăsta? Mai întâi star rock, apoi scriitor!'

"Ce e gresit in ati dori să devii star rock? Gxf4." *Răzbunarea nu este pentru proşti.*

"Este pur şi simplu nerealist. Câte vedete rock autentice sunt in ziua de azi? Ii poti numara pe degetele de la doua maini. Există mai multe vedete porno decât staruri rock." Dumnezeu a ridicat mana si a inceput sa numere. "Unu, doi, trei... cred ca sunt mai putini de cinci indivizi care se pot numi staruri rock."

"Cred că eşti răutăcios si ironic," Satan a spus si s-a uitat la Dumnezeu intr-un mod superior, amandoua sprancenele ridicate.

"Nu, nu sunt. A fost o pierdere de timp pentru el să aibă astfel de vise. A pierdut ani de zile cântând la chitară degeaba. Îmi pare rău ca întreb, dar am avut o lacună în minte în ultima vreme, aşa că nu sunt familiar cu locaţia lui. Ce face acum? În afară de scris, ceea ce este aproape nimic."

"Lucrează ca şofer pentru o companie de distribuţie. Livreaza materiale de constructii. Are deja unele probleme cu spatele din cauza greutăţilor pe care le manipuleaza zilnic in afara de sambata si duminica."

"Când va veni timpul, presupun că va primi o pensie mizerabilă. Asta dacă va fi încă în viaţă; sau va fi într-un sicriu 'odihnindu-se.' Acum, înţeleg de ce vrei să-l ajuţi pe tipul ăsta. Nu a fost in stare sa-si poarte de grija si acum cere milă. Sper ca nu ai vorbit cu el."

"..."

"Dumnezeule, stii ca nu e permis!" Dumnezeu a spus şi a adoptat o poziţie de aparare, amandoua bratele ridicate deasupra capului. "Nu o mai face! Dacă nu vrei să simţi mânia... Şi asta va fi rău pentru fiecare particulă din acea parte a universului. Totul se va transforma într-un haos si mai mare. Uită de tipul ăsta! Nu te lăsa dus de val. Este un visător şi va muri un ratat. Mai bine, să ne concentrăm despre cum să preintampinam apocalipsa oamenilor."

"Qxh4." *Atacul reginei este letal.* "I-am trimis doar câteva mesaje prin intermediul viselor. Ştii că e singurul mod în care pot sa comunic cu oamenii. Şi nu, nu a implorat niciodată nimic. Ei bine, poate a cerut incetarea durerilor de spate. Doar atat. Vezi tu... ei îşi bat joc de el. Şefa lui îşi bate joc de el aproape în fiecare zi. Ea chiar l-a numit autist, chiar dacă el nu este; doar pentru faptul că are o faţă contemplativă. Intreaga lume îşi bate joc de tipul asta, de aceea el simte că nu mai are nimic de pierdut. Pur şi simplu are chef să ducă mai departe moştenirea părinţilor săi. În mod ironic, niciodata el nu şi-a dorit să devină scriitor."

"În cazul în care ar deveni un scriitor celebru... Nu poţi vedea cum bogăţia modifică mintea oamenilor? Este suficient să le fie oferita o slujbă în cadrul aparatului de stat şi se vor crede zei. Dă-le o uniformă şi vor începe să se comporte de parca ar fi primari. E ca şi cum s-ar metamorfoza într-un fel de insecte cu aripi de aur."

"Da, corect," Satan a aprobat dar părea dezamăgit şi în impas.

"Este tipul acesta conştient de faptul că nu va putea sa viziteze vreodata Rusia sau China? Nu va vedea niciodată Marele Zid Chinezesc sau marile palate din Rusia."

"Nu-i pasă de asta. Nu contează câte locuri va vizita în viaţa lui. Ştii că părinţii lui nu au călătorit niciodată în afara ţării unde s-au nascut si au trait? De ce ar trebui să-i facă lui plăcere să vadă locuri când există atâta mizerie pe pamant? Tipul asta scrie pentru generatii nu pentru succes comercial. Si o face intr-o alta limba."

"Este ciudat că scrie într-o altă limbă. Ar putea fi considerat un trădător de către unii oameni din ţara lui natala."

"Scrie într-o altă limbă pentru că dispreţuieşte corupţia şi imoralitatea din propria lui ţară. De asemenea, consideră că este destul de incitant să scrie într-o altă limbă. E ca si cum ar descoperi noi teritorii. El calatoreste in mintea lui si nu regreta asta."

"Da... Îți spun că tipul ăsta este problematic", a spus Dumnezeu. El parea sa nu se lase induplecat de rugămintea lui Satan de a interveni printre pamanteni. "Kg2." *Regii au ultimul cuvânt.*

Satan l-a privit pe Dumnezeu drept în ochi. Acolo își putea vedea propriile reflecții și era foarte mulțumit de ce vedea – un tip foarte aratos. El ar întoarce capul fiecărei femei de pe Planeta Pământ. Chiar și al unor bărbați, deși nu i-ar plăcea asta; se considera perfect heterosexual. "Îi voi trimite câteva mesaje in visele lui și-l voi întreba dacă este de acord cu noi în ceea ce privește situația lui. Tipul este foarte mândru. El ar prefera să-și distrugă lucrarile decât să le lase în mâinile unor lacomi in goana dupa profit."

"Asta imi aminteste de un celebrus scriitor: Franz Kafka. Dar tipul asta nu e Kafka. Si totusi... din respect pentru Kafka sa incercam să-i facem să-l publice pe scriitorul tau preferat,' Dumnezeu a spus si si-a sprijinit fruntea de degetul aratator de la mana dreapta, parand sa cugete adanc la situatia scriitorului anonim, atitudinea lui care de obicei era foarte incapatanata, complet schimbata. "Să-l ajutam sa semneze un contract – unul consistent. Asa ar putea sa scape de jobul care îi dă dureri de spate. O să facă ceea ce îi place cel mai mult in viata, adică să scrie."

"Nu cred ca e posibil. Nu există nimeni suficient de curajos să-l publice pe tipul asta. Toți sunt niste lasi. Si il considera si ciudat. Stiai ca tipul asta a scris o sută de scrisori de intentie si le-a trimis la agentii literare din America si Marea Britanie și a fost respins de fiecare dată? Mai mult decat atat, o data a primit două scrisori de respingere de la același agent. Apropo, el suferă și de hemoroizi." Spunand asta, Satan spera sa-l faca pe Dumnezeu sa actioneze fara nici un pic de ezitare—direct la tinta.

"Of, Doamne, ii împărtășesc durerea."

"CE?! Nu știam că ai această problemă."

"Da, o am și pe deasupra multe altele."

"Precum?"

"Am probleme cu prostata. Sincer, uneori mi-aş fi dorit să mă fi născut femeie."

"Ce fel de femeie?"

"O pamanteanca, desigur." *Ce nebun!*

"Din trecut sau din ziua de azi?" *Dobitocul nu stie ca si femeile se pot inbolnavi de cancer.*

"De azi, bineînţeles. Nu vezi că le este mai uşor decât le este bărbaţilor?"

"Într-adevăr? Dar femeile care trăiesc în Afganistan, Iran şi multe alte ţări? O duc ele mai bine decât bărbaţii?"

"Sigur că nu. Acelea sunt cazuri speciale de opresiune la adresa femeilor. Vorbesc despre femeile din Occident, mai ales din ţările ex-comuniste. Majoritatea ocupă locuri de muncă în administraţia oraşelor, în timp ce bărbaţii îşi rup spatele ridicând greutăţi, lucrând de la 7 la 19, de luni până sâmbătă. Sunt aceleaşi femei care isi doresc egalitate între bărbaţi şi femei. Nu mi se pare deloc egalitate cand vine vorba de oportunism. Mai degrabă seamana a sclavie. Se pare ca femeile au găsit o modalitate de a înşela sistemul... şi bărbaţii. Femeile au devenit extrem de răutăcioase, crede-ma ce spun. Hmm... De ce nu-i facem rost acestui tip de o slujbă în administraţia oraşului. Ce zici de treaba asta? Cu siguranta l-ar face fericit."

"Glumeşti, nu? Tipul ăsta şi-a asumat riscuri toată viaţa. De ce ar trebui să facă compromisuri acum? Inacceptabil! Nu ştii că în ţara lui natală au angajat oameni în spitale şi alte structuri ale statului pe bază de mită? După cum am mai spus, acest tip este foarte mândru. Nu va accepta niciodată favoruri de genul asta."

"Hmm... înțeleg, altfel l-am fi trecut pe lista pentru Premiul Nobel pentru literatură. Hmm... De ce nu-i dăm un Bitcoin ca mai apoi sa creștem prețul la un milion?"

"Bitcoinul este una dintre cele mai mari înșelătorii ale pamantului, doar ca îmbrăcata într-o alt fel de uniformă, si la scară mult mai mare. Este cel mai mare consumator de bani, energie și un devorator al economiilor unui om obișnuit."

"Există voci care spun că Bitcoin este cea mai mare invenție după internet."

"Ha ha ha! Asta e de-a dreptul ridicol. Nici măcar internetul nu a fost o mare invenție pentru umanitate pentru că, pe termen lung, va declanșa evenimente catastrofale, dacă nu chiar actul final. Qh2+.' *Reginele pot opri o varsare de sânge.* Satan simti ca era momentul lui in conversația cu Dumnezeu. "Nu a fost biserica la un moment dat in istoria pamantenilor în dezacord cu tehnologia? Desigur, nu ar fi trebuit să ucidă oameni pentru ideile lor avansate, dar uite ce au făcut acele idei pentru oameni: Hiroshima, Nagasaki... peste 100.000 de oameni au fost uciși într-o singură zi. Și cu ajutorul cui? Al celora care au creat bombele atomice – minţile „strălucitoare." Îmi face rău să mă gândesc la oamenii de știință care le-au creat. Nu ar fi trebuit să facă asta niciodată! Si asta o spune Satan! In afara de faptul ca bombele atomice sunt intruchiparea raului, ele sunt si o garantie pentru regimurile diabolice sa ramana legitime si protejate impotriva factorilor externi."

"De ce crezi că au făcut-o?"

"Prestigiu, bani, ego..."

"Ce-ai zice daca ii facem „pamfletele" scriitorului tau favorit virale? Să i le punem online și să-i dăm un miliard de vizualizări, ca melodia aceea... cum se numește? Baby, baby, one more... De ce în toate videoclipurile astea trebuie să vedem bikinii unei femei? Sunt bikinii aia mai valorosi decât onestitatea şi adevărul? Şi am auzit că femeile astea se mai si besesc şi nu miroase tocmai placut..."

'Ha ha ha ha! Haaa ha ha ha! Nimeni nu ar fi putut să o spună mai bine, prietene." Satana nu se putea opri din râs, la un moment dat chiar inecandu-se cu saliva, tusind necontenit, ceea ce l-a făcut pe Dumnezeu să intervină şi să-l plesnească cu marginea palmei dupa gat.

"Şi mai zici sa intervin... Au vrut libertate, libertate au. Scriitorul tau nu este ateu?" l-a întrebat Dumnezeu pe Satan.

"Nu, nu este", a spus Satan când tusea lui a luat sfârşit. "Se consideră un gânditor innascut. Bineînţeles că nu crede în miracole şi este împotriva celor care pretind că ştiu totul. Nu are nicio idee ce sunt găurile negre sau câte planete asemănătoare pământului sunt în univers."

"Hmm... un gânditor înnăscut. Cum interpretezi asta?"

"Nu vrea să facă parte din nici o categorie."

"Suna cam ciudat. Nimeni nu poate rezolva nimic de unul singur. Fiecare trebuie să facă parte dintr-o comunitate. Daca stau si ma gandesc mai bine, motivele pentru care tipul asta s-a autoizolat si a scris o carte timp de cinci ani ar putea fi traumele pe care le-a trăit în trecut, când l-au forţat să poarte uniformă şcolară şi o cravată roşie la gat. Mai erau si profesorii care îl trăgeau de păr când crestea mai mare de trei centimetri, trimitandu-l imediat la tuns. Şi cand ne gandim că există un loc ca acesta pe Pământ in zilele noastre. Ma refer la Coreea de Nord."

"Oricum, mai există un caz care mă preocupă foarte mult," Satan said. "Îţi aminteşti de bărbatul Yakut care a pornit in mars spre Moscova pentru a-l alunga pe Putler de la putere, „exorcizându-l" cu ajutorul puterilor sale magice? Dacă ar fi fost doar si simbolic, şi omul asta ar fi putut schimba multe in lumea pamanteana."

"Îl cunosc pe tipul ăsta. Il cheama Aleksandr Gabyshev şi s-a autointitulat „şaman." Dacă acesta şi-ar fi atins obiectivul şi, conform planului, ar fi ajuns la Moscova în 2021, şi i-ar fi vindecat mintea lui Putler de gândurile sale idioate, poate că războiul din Ucraina nu ar fi avut loc niciodată, astfel încât vieţile tuturor acelor oameni sa fi fost cruţate. Este doar ipotetic desigur, totuşi actul şamanului ar fi putut declanşa ceva mare. Insasi cursul istoriei pamantene ar fi putut fi schimbat. Dorinţa de a merge să lupte cu Putler (si cu intreg aparatul Putlerist) a fost unul dintre cele mai curajoase acte la care am asistat vreodată. Desigur, dictatorul nu ar fi avut nicio şansă într-o luptă directă cu acest om curajos. La orice nivel... intelectual, fizic, Gabyshev l-ar fi snopit pe Putler in bataie."

"De acord cu tine," a zis Satan si si-a incrucisat mainile la piept. "Stiai ca inainte de încarcerare, acest tip a trecut prin cel mai greu moment din viaţa sa? El si-a pierdut mama. Şi ce poate fi mai rău pentru un fiu decât să-şi piardă mama? Am un mare respect pentru acest tip. Ca şi în cazul scriitorului anonim, pierderea mamei sale a declanşat ceva în interiorul lui. A trecut de la un bărbat tăcut la unul vocal. De asemenea, a suferit mult după ce şi-a pierdut câinele credincios şi din această cauză şi-a amânat marşul spre Moscova. Din pacate, după ce acesta şi-a reluat marşul, s-a terminat destul de rău pentru el. Clica lui Putler a trimis oameni înarmaţi în miezul nopţii pentru a-l împiedica pe şaman să ajunga la 'portile' Kremlinului."

"Mi-e teamă că s-au întors vremurile în care cei sănătoşi sunt internati în secţii de psihiatrie, în timp ce nebunii stăpânesc lumea. Este pur şi simplu revoltător să bagi un om sănătos într-o instituţie de psihiatrie pentru că a contestat regimul tau bolnav. Ştii ce efect are asupra unui individ sănătos să fie închis cu oameni nebuni? Încearcă doar să-ţi imaginezi."

"Poate că ar trebui să-i trimitem un câine nou – o clonă," a zis Satan.

"Ce vrei sa spui? Nu i-ar fi de nici un folos. Noul câine nu se va comporta niciodată ca cel care a murit. Este acelaşi lucru cu dorinţa de a clona oamenii după ce acestia ar dispărea. Ar fi inutil. Doar o lume falsă. De aceea militez pentru acceptarea si repararea greselilor trecutului. Oricum, ce putem face pentru acest tip?"

"Ai putea sa-l scoti din instituţia de psihiatrie. In afara de mama, libertatea e cel mai scump dar pentru el."

"Voi vedea ce pot sa fac," Dumnezeu a spus si s-a adancit si mai mult in ganduri. "Sper doar să nu creez un precedent..."

"Nu-ti face griji. Maestrul este ocupat cu alte lucruri, nu cu asemenea fleacuri. Oameni! Huh!"

"Hmm... Cred că omenirea este în pragul anarhiei, dar oamenii continuă să moară pentru niste impostori, ceea ce pur şi simplu este absurd. Kf3." *Regii sunt din nou în apărare.* Cu ultima mişcare, Dumnezeu a fost sigur că va putea ţine jocul in frau. "Păcat că s-a întâmplat asta", a continuat el. "Rusia ar fi putut fi o ţară grozavă, dar ceva s-a petrecut în jurul anului 1900."

"Deşi ei sunt agresorii şi au început toată mizeria, rusii se uită la Ucraina de parcă ei ar fi inceput razboiul. Ei aderă la principiul 'peştele mare trebuie să-l mănânce pe cel mic.' Este scandalos! Nu mai vorbesc despre cine se afla la conducerea Rusiei—o ceata de impostori nevrednici de oamenii cinstiti care au mai ramas in Rusia. In caz de o revolta mare ar izbucni acolo, ceea ce este putin probabil, astia ar fugi ca iepurii doar ca sa revina odata ce lucrurile s-au linistit. Si ii vei putea vedea si in noua administratie ca unii dintre cei mai mari oportunisti. Situaţia privind drepturile omului s-a înrăutăţit atât de mult în Rusia încât cel care protestează împotriva regimului poate ajunge într-o secţie de psihiatrie, închisoare sau într-un sicriu. La fel si in China. Răul a întemniţat binele acolo. Șamanul avea dreptate când l-a numit pe Putler o fiară, un diavol al iadului, fiul lui Satan,' oricine ar fi acesta."

"Hmm... Am crezut că *tu* ești Satan."

"Oh, da, și uite cât de mult rău am făcut. Prostii inventate de oameni. Nici măcar nu pot ucide o muscă dacă mă-ntrebi. Oricum, în ceea ce privește situația oamenilor pe pamant... ar fi nevoie doar de un curajos nebun să înjunghie un dictator în spate și dictatura ar cădea ca un castel facut din cartonașe de plastic. Pe de altă parte, este nevoie de un singur psihopat într-o poziție înaltă într-o anumită tara și întreaga lume s-ar putea cufunda în abis. Oamenii traiesc intre doua extreme paralele."

"Hmm... Foarte bine spus. Dar lasă-mă să te întreb ceva, prietene: Unde se afla oamenii azi? Din punct de vedere moral și economic vorbind."

"Îmi place că ai pus moralitatea pe primul loc, altfel ți-aș fi dat un picior in cur pentru că ești un ipocrit."

"Hei, ai grijă cum vorbesti! Nu uita cine sunt..."

"Glumesc... și da, știu cine ești..."

"Abtine-te sa glumesti!"

"Bine... Acum, ca să răspund la întrebarea ta... Cred că majoritatea oamenilor sunt morți din punct de vedere moral. Și așa sunt de ceva vreme. Poate de când au inceput sa vânda primele tablouri create de acei artiști care au murit în mizerie; le-au vândut cu milioane de dolari. Este o rușine! Asta definește specia umană. Exploatarea morților. Animalele nu ar fi beneficiat niciodată de pe urma moartii fraților lor."

"Sunt de acord cu tine în privința asta. Oamenii sunt niste animale foarte egoiste."

"Mulţumesc! Din punct de vedere economic, intreaga omenire este subjugată Chinei si asta este in defavoarea lor. Intr-un fel, oamenii au intrat in era dictaturii mondiale chiar daca numai economic. Urmeaza sa intre si politic daca nu se iau masurile necesare. În vest, din ce în ce mai puţini oameni doresc să facă muncă manuală. Restul visează la cariere, bani, maşini frumoase şi case de lux. Iti spun eu că au o mentalitate foarte gresita."

"Şi în cele din urmă, cine va duce gunoiul la groapa de gunoi? Imigranţii?' Dumnezeu l-a intrebat pe Satan.

"Hmm... Greu de răspuns. Spune-mi, ce părere ai despre femeile din zilele noastre?"

"Păsărici chele şi tatuaje in diverse locuri. Vânători de carieră profesionisti şi creaturi oportuniste. La urma urmei, este vorba despre perpetuarea speciei umane şi despre cum să o faci cu mai mult succes. nu dau vina pe ele. Femeile se nasc în mod natural laşe, şi, crede-mă ca nu sunt misogin când spun lucrul asta. Au creierul mai mic decât cel al bărbatilor şi asta este un fapt. Ele nu pot fi niciodata egale barbatului, fiziologic vorbind."

"Hmmm... cred că eşti puţin misogin. Dar bărbaţii?"

"Cocoşei transformati in păsărici chele."

"Ha ha ha ha! Bineee. Sincer ca întotdeauna."

"Mulţumesc."

"Războiul din Ucraina. Poţi să spui cum se va termina?"

"La naiba! Ce crezi tu, ca sunt Nostradamus? Şi chiar dacă aş fi fost, nu aş fi fost în stare să prezic nimic. Poate doar nişte predicţii bazate pe fapte, nu predicţii care s-ar împlini după o mie de ani. Nimeni nu poate sa faca asta! Adică nimeni nu o poate face cu exactitate. Nici chiar

Nostradamus. Tot ce pot spune este că ucrainenii trebuie să se apere dacă nu vor să cadă în ghearele lui Putler. Ei trebuie să fie tigrul în acest caz și să lupte ca unul. Imagineaza-ti un tigru care este atacat de un urs batran si chelbos si nu riposteaza. Mai este el tigru?"

"Deci, nu ești un clarvăzător. Hmm... Am crezut că poți vedea lucruri. Qh3+." *Regina ii atacă pe cei slabi.* "Dacă ar fi dupa mine, aș merge după Putler în vizuina lui și i-aș tăia capul. Și nu mă laud cand spun asta."

"Văd că ești suficient de curajos să înfrunți răul," spuse Dumnezeu cu o urmă de ironie în glas. "Atunci sunt un sarlatan?

"Nu știu. Esti?'

"Sunt la fel de mult cum esti si tu."

"Atunci suntem amândoi sarlatani?"

"S-ar putea să fim."

"Asta inseamnă că i-am păcălit pe toți? Cum ramane cu universul si cu...?"

"Bănuiesc că da. De aceea sunt atât de proști. Este suficient să te uiți la jungla din jurul lor și să-ți dai seama că omenirea este în profunzime ridicola. În ciuda a ceea ce au realizat, oamenii sunt cu adevărat proști. Ei vor pieri pe propria mana."

"America? Adică SUA. Care sunt șansele lor în viitor?"

"Colaps. Vrei să pariezi?"

"Când se va întâmpla?"

"Ei bine, până la mijlocul secolului pământesc, dacă nu chiar mai devreme, toată lumea își va dori să se fi născut în alt loc pe pamant."

"Ce părere ai despre capitalism?"

"Colaps. Capitalismul, comunismul, ambele au eşuat. Dacă pe hârtie, comunismul este mult mai bun decât capitalismul, atunci când este pus în practică, se dovedeşte a fi un dezastru total. Tot ce pot spune este că „Manifestul comunist" scris de Karl Marx (un capitalist devotat de altfel) este cea mai valoroasa carte utopică a tuturor timpurilor. Ea ar fi trebuit luată ca o carte de ficţiune şi nimic altceva."

"Oricât de sălbatic ar fi capitalismul, este totuşi mai bun decât comunismul."

"Asa crezi? De ce?"

"Pentru că permite libertatea de exprimare."

„Da, şi degenerare. Amandoua vin la pachet."

" 'Au făcut şi ei lucruri bune, ' sustin unele voci în anumite ţări în care comunismul a fost implementat dar a esuat cu succes. Ce părere ai despre sistemul dual folosit în China? Au un amestec de capitalism şi comunism. Se pare că a funcţionat si inca functioneaza.'

"După cum ştii, totul a fost făcut cu ajutorul SUA," Dumnezeu a spus. "Trecerea de la capitalism la comunism s-a facut cu un singur scop: bani si razbunare. Economia lor încă funcţionează şi va continua să funcţioneze până când ceva o va opri. Ca si Pământul; acesta va continua să orbiteze in jurul soarelui până când o forţă il va opri. Mai presus de toate, in China se află un creier uman ale cărui ordine trebuie urmate cu meticulozitate, indiferent de consecinţe. Este un miraj şi un pericol pentru lumea intreaga. Se numeşte dictatură. Totul este despre putere, despre cine este cel mai mare şi cel mai macho personaj. Nu a fost niciodată despre oameni. Ke4." *Chiar şi regii bat în retragere.* "Revenind la războiul din Ucraina... Nu ştim cum se va termina, dar ştim cum a început: Un nebun a simtit nevoia de a revendica teritorii care niciodata nu au fost ale Rusiei, crezand că istoria îi dă dreptul sa faca asta doar pentru faptul ca cetateni de origine rusa se afla pe acele teritorii. De asemenea, nu trebuie să uităm că rușii la un moment dat în istoria lor au hibridizat un întreg popor. Vorbesc de Republica Moldova care a fost lipsită de oamenii săi care au fost trimiși în Gulag și înlocuiți cu ruși. Și-au ucis și proprii oameni. Milioane dintre ei! Oamenii de acolo se supun unei majorități viciate. E în sângele lor."

"De ce nu are pretenții cu privire la teritorii care au aparținut marilor maimuțe?"

"Ha ha ha ha! Afirmațiile lui sunt total ridicole. Tipul asta ar trebui sa primeasca un trofeu pentru cel mai prost politician al secolului. El ar trebui să plasat într-o instituție psihiatrică înainte de a arunca în aer întreaga lume, lume care ar trebui sa se cheme „Cazinou." Mintea lui este coruptă și bănuiesc că este un psihopat. Nu te duci să râzi în fața oamenilor după ce ți-ai ucis adversarii. Comportamentul lui este de-a dreptul macabru si scandalos. El sfidează regulile simple ale umanității."

"Cum crezi că va sfarsi?

"Hmm... Doar o presupunere... Își va întâlni capătul într-o groapă săpată în pământ (asta daca luam in considerare ce a spus Alexei Navalny) sau se va relaxa într-o stațiune îndepărtată până în ziua în care va muri din cauze naturale, nepedepsit. Cu excepția cazului în care oamenii din Rusia se vor răzvrăti, și există toate semnele că nu o vor face, nu există un sfârșit clar. Este posibil să aibă loc negocieri între puterile occidentale și Rusia pentru a ajunge la un fel de înțelegere. Putler ar putea primi imunitate în schimbul ca el să-și trăiască restul vieții în pace, dacă pot numi asta pace, intr-unul din palatele lui. Este un individ tulburat, căruia îi lipsesc remușcările."

"Dacă Putler a vrut să oprească crimele cu mai multe crime, atunci este un mare maniac. Oricum, este un nebun pentru că a adus autocrația în Rusia. Este o persoană groaznică, un autocrat, dictator, fascist. Toate relele au intrat prin mintea și corpul acestui tip. El este satana pe pământ, si eu, Satan, sunt cel care o spune. Nu avem nevoie de oameni ca el pentru a produce haos în lumea umană. Și asta a făcut Putler: a produs haos economic în întreaga lume. Nici măcar China, declanșând virusul Corona, nu a reușit să facă ceea ce a facut acest om. E o mizerie completă, iti spun, și l-aș sugruma cu propriile mele mâini. IL URASC PE TIPUL ASTA! Ma scoate din minti. Ar trebui să intervenim," a spus Satan și s-a ridicat in picioare. Apoi a inceput sa faca genuflexiuni.

"Linișteste-te. Nu putem face asta. Nu putem interveni." Dumnezeu părea să fi revenit la vechea lui stare pasivă.

"De ce nu?" a zis Satan in picioare, cu mainile la sold. *Și se mai numește Dumnezeu Atotputernic.*

"Pentru că nu putem."

"Atunci suntem impotenti? Domnule Doamne, permite-mi să-ti pun o întrebare foarte personală: Îți place să ti-o tragi?"

"Huh? Haide, ma, ce intrebare e asta? Credeam ca esti mai civilizat, ce naiba. Îți sugerez să nu fii impertinent," a spus Dumnezeu și s-a ridicat in picioare. El nu se simțea confortabil să stea jos in momentul de fata. Asta il făcea să se simtă inferior lui Satan, mai ales acum când pierdea teren pe masa de șah si in conversatie.

"Este doar o întrebare firească. nu sunt beligerant. Este normal ca oricărui bărbat să-i placa sa si-o traga. Deci, un răspuns clar, te rog. Da sau nu?"

Vazand ca nu poate ajunge la nici un consens cu Satan, Dumnezeu a raspuns: "Da."

"Vezi? Atunci nu suntem impotenți."

"Nu văd ce vrei să demonstrezi cu asta. Esti idiot sau ce naiba?"

"Sunt multe de demonstrat, dar poate că încă nu este momentul."

"Este momentul. Uită-te unde se afla oamenii acum."

" 'Vom fi alături de voi atât timp cât este nevoie.' " Recunosti aceste cuvinte?"

"Da, unii politicieni din SUA au spus asta referitor la razboiul din Ucraina. Apoi, Congresul american a intrat în pauză în chestiunea ucraineană timp de șase luni. Asta a aratat lașitatea si duplicitatea lumii occidentale. Este o mare cacealma."

"Pot sa mai aiba ucrainenii încredere în acești tipi? Americanii se consideră salvatorii libertății, dar își urmăresc mai întâi propriile interese. Și-au înfipt coada în orice loc din lume au putut și uneori au iesit sifonati rau de tot, lasand prapad in urma lor. Ce îți spune asta?"

"Lași! Lași! Lași!"

"Unde crezi că este visul american, azi? Unde crezi că sunt SUA? Mai sunt ei lideri ai lumii libere?"

"Visul american... A fost doar o iluzie să-i înșele pe visători să creadă un miraj. Visul american este mort; în zilele noastre mai mult ca niciodată. Îți amintești febra aurului? A fost o păcăleală „proiectată" pentru a păcăli oamenii să creadă că se vor îmbogăți peste noapte. Si ghici ce? Au reușit. Migranții s-au grăbit în America în număr mare și au construit America."

"Și acum avem MAGA—Make America Great Again."

"Cum poate un singur om să schimbe mintile a milioane de oameni, fiecare cu propriile gânduri, frustrări, deziluzii și iluzii? E doar un slogan pentru proștii. Tipul ăla e un clovn. America nu va mai fi niciodată grozavă şi asta dacă a fost vreodată grozavă. Poate că a fost grozav pentru unii oameni, dar pentru alţii a fost întotdeauna un coşmar."

"De ce nu se va recupera niciodată?"

"Pentru că e putreda din interior. Desigur, o poţi face să funcţioneze sub un fel de dictatură şi bănuiesc că SUA se îndreaptă către una. SUA este locul cu cei mai mulţi ucigaşi în serie de pe Planeta Pământ. Aceasta este o problema gravă pe care o poate avea o ţară. De unde vine tot răul acela? Răul locuieşte cu adevărat în mintea şi corpul uman şi reapare atunci când oamenii se aşteaptă cel mai puţin. Sub ce formă? Nimeni nu ştie exact. Deci, ceea ce se întâmplă chiar acum în SUA va avea consecinţe dramatice pentru întreaga lume. Căci întreaga lume este legată de SUA cumva. Oamenii au făcut o mare greşeală când au crezut că SUA le va garanta libertatea. SUA nu îşi pot rezolva propriile probleme, care variază de la lipsa de adăpost până la dependenţa de droguri."

"Înţeleg. Este o criză pe care nu au mai avut-o până acum."

"Şi Europa este în mare pericol. Au devenit prea dependenţi de SUA, din punct de vedere militar."

"Doamne Dumnezeule, tu tragi vanturi?"

"CE? Cum îndrăzneşti să-mi vorbeşti aşa? *Dumnezeule, cat o mai pot tine?* "Poate ar trebui să te transform într-un şobolan sau gandac," a spus Dumnezeu şi s-a aşezat din nou. Satan i-a urmat exemplul.

"Sunt doar curios. M-am gândit că ai putea avea nevoi ca orice om de pe Pământ."

"Pentru numele lui Dumnezeu, nu sunt om! Eu sunt Dumnezeu! Ce te-a apucat? Văd că te comporţi ciudat în ultima vreme."

"Ce esti atunci? Femeie? Supraom?"

"Îți bate joc de mine?" a intrebat Dumnezeu și s-a ridicat din nou, holbandu-se la Satan intr-un mod de-a dreptul amenintator.

"Deloc, spuse Satan destul de relaxat. Părea că nimic din univers nu-l putea deranja in momentul de fata. "Încerc doar să fiu glumet și carismatic. Este ceea ce obișnuiau să facă bufonii pe pamant în trecut. Dar din pacate nu mai exista astfel de clovni. Ei sunt diferiti în zilele noastre. Râd din ce în ce mai puțin și sunt cat mai putini cei care rad de ei. Ei sunt clovni răi care conduc lumea oamenilor, altfel oamenii nu ar fi acolo unde sunt acum. Într-o permanenta neliniste."

"Tot ce pot spune este că oamenii trăiesc într-o lume plină de lași, care sunt din ce în ce mai numeroși", a spus Dumnezeu și s-a așezat. El a preferat ca statutul său să fie ‚qvo.' Se simțea învins. Parea doar o chestiune de timp acum.

"Este destul de interesant cum masele susțin uneori răul. Mintea este un lucru foarte conflictual în viața unui om. Ce părere ai despre Kim din Coreea de Nord? Cât mai poate supraviețui?" Satan l-a intrebat pe Dumnezeu.

"Atâta timp cât oamenii din Coreea de Nord se vor mai teme de acel individ și vor rezista Universului, Kim — băiatul gras care se vrea a fi James Bond — va dainui mult si bine."

"Acesta este cel mai rău caz din rândul dictatorilor și pare-se un aliat fidel al lui Putler. Ai observat că în ultima vreme the Russian dictator îi curtează pe dictatorii lumii și face alianțe cu ei?"

"Da, asa vrea sa rezbune pe liderii occidentali. Ego-ul lui este cel mai rău caz pe care l-am văzut vreodată."

"Îți spun, tipul ăsta nu se va opri niciodată, decât dacă il oprește cineva. Si este pe cale să formeze o frăție diabolică."

"De cine sa fie oprit? Este ca si cum ar fi imbracat in vesminte de fier. Securitatea lui este de fier. Numai moartea îl va pedepsi pentru ceea ce a făcut. Și va muri. La un moment dat, el va muri de o boală teribilă dacă nu va fi asasinat, deși acest lucru este foarte putin probabil acum."

"Vezi ce creaturi ajung să aibă cele mai frumoase femei?" Satan l-a intrebat pe Dumnezeu. "Nenorociții cu ego-urile mai mari decât o întreagă armată. Si unde se afla Biserica în toată treaba asta? În acest moment, mai ales în Rusia, se pare că Biserica aparține raului. Kirill, patriarhul Rusiei și fostul KGB, este un exemplu de rău care prezintă răutatea ca bunătate, la fel ca și Khamenei, liderul suprem al Iranului, care permite regimului său să ucidă cetățeni nevinovați, în special femei care refuză să poarte eșarfe, sau Mohammed bin Salam care isi urmareste adversarii si-i ucide pe teritorii străine. Toți acești indivizi ar trebui pedepsiți, dar noi îi lăsăm să-și facă faptele murdare. Uneori nu pot să mă suport că nu pot interveni. Care este rolul nostru în acest univers? Mă simt inutil și fără putere."

"Timpul are ultimul cuvant, prietene," Dumnezeu a zis. "Cu toții suntem sclavi ai Timpului Puternic. Timpul rezolvă orice, bine sau rău. Nu vezi că mulți oameni cinstiți mor de morți oribile? Totul este ca o ruletă și noi facem parte din ea."

"Ce zici de Papa? Se vrea a fi una dintre cele mai importante figuri de pe Pământ."

"Este fără putere. El este neputincios in fata răului. A încercat să facă pace, dar încercările lui au fost desarte."

"Dar tipul ala din America care spune că va pune capăt războiului din Ucraina într-o singură zi?"

"Vorbe-n vant. Nimic altceva. De fapt, el ar putea fi principalul factor al anarhiei pe cale să puna stapanire pe Pământul."

"Mai avem visele. Am putea trimite mesaje oamenilor," Satan a spus, aparand mai confident că niciodata.

"Nu i-ar ajuta prea mult pe oamenii cinstiți."

"Încă sunt supărat că unii dictatori scapă nepedepsiti. Daca ar fi dupa mine, le-aş da un picior in fund sa se duca direct in iad."

"Bine", a spus Dumnezeu şi nu s-a putut decide asupra următoarei mişcări. Poate că voia sa piarda jocul de sah. De când răutatea s-a acumulat în cantităţi mari pe Pământ, un sentiment de inevitabilitate il acaparase. A închis ochii pentru o clipă. Avea impresia că i s-ar fi ridicat o greutate imensa de pe piept. Se simţea liber – veşnic liber.

"Ce părere ai despre războiul din Palestina?" l-a întrebat Satan, intrerupandu-i pacea interioara abia castigata.

"Este un dezastru cu multe consecinţe pentru lume. Este un exemplu clasic de oprimat devenit agresor. Israelienii ştiau că va veni o zi când vor trebui să lupte pentru propria lor existenţă şi s-au înarmat până în dinţi. Deci, au fost pregătiţi când a venit atacul. Au răspuns cu cea mai mare brutalitate. S-au răzbunat pe populaţia civilă pentru masacrul pe care Hamas l-a comis pe teritoriul lor. Acea greşeală îi va bântui la un moment dat. Masacrul civililor a fost prea evident."

"Ce părere ai despre politicienii de pe pamant?"

"Mincinoşi. Lasi. Lacomi. Vicleni. Toate acestea şi multe altele. Poate doar 1% dintre ei sunt onesti si destepti. Restul pot sa se duca-n..."

"Deci, există speranţă."

"Aşa cred."

"Bun. Mă bucur să văd că Dumnezeu este în sfârşit un optimist. Nxf2+." *Cavalerii sunt cei mai buni.* A reusit. Satan a reuşit să-i distragă atentia lui Dumnezeu și acum era aproape de a câștiga jocul. *Cred ca va muta la Ke5. Este condamnat deja.*

"Optimist, pe naiba! Sunt un hiperrealist. M-ai văzut vreodată fericit? Adică exuberant de fericit? Pentru ce? La ce folosește fericirea?' Ke5." *Nici măcar regii nu sunt nemuritori.*

Cea mai mare greșeală. "Ei bine, ar trebui să fii fericit. Nu vei muri prea curând."

"A fi nemuritor este un blestem. Înfruntând tot rahatul care se întâmplă în acest univers devine plictisitor la un moment dat. Este bine că avem găurile negre și acolo ne putem ascunde din când în când."

"Știu ce vrei sa spui. Am simțit și eu asta. Nc6#. Sah mat! Am castigat! Raiul este al meu," Satana a spus si s-a ridicat in picioare, mainile ridicate deasupra capului, pumnii inclestati.

"Ha ha ha ha! Despre ce rai vorbesti? Nu există rai si iad," Dumnezeu a spus si a inceput sa caste.

"Ce vrei sa spui? Nu are rost să trăiești dacă nu există nimic dincolo de viață. Vorbesc din perspectiva pământenilor. Ei se bazează pe ea," Satan a spus, umerii lui complet cazuti, fata-i pleostita.

"Nu există un rai fizic. Raiul există doar în mintea oamenilor, așa cum spune prietenul tau scriitor. Noi locuim în mințile și trupurile tuturor creaturilor de pe pamant. Suntem parte din ei, din celulele lor. Vom trăi acolo atâta timp cât va exista pământul, chiar și ca ultimul microorganism al planetei. Desigur, atunci când se va întâmpla asta, nu vom mai putea vorbi unul cu celălalt pentru că nu vom mai avea conștiință, creier, implicit minte."

"Cred ca glumesti. Nu vreau să mor."

"Ha ha ha! Crezi că depinde de tine?"

"Atunci de cine?"

"De Timp. El este Marele Stapan. Noi suntem șerpi și lebede în același timp."

"Înseamnă că pot fi și un câine?"

"Desigur. Poti fi ce vrei tu."

"Hum! Hum!! Și o pisica? Miau! Miau!"

"Cu siguranta."

"O vaca? Muuuuuuuu.."

"Ajunge! Nu te prosti acum! Ești Satan, pentru numele lui Dumnezeu! Comporta-te ca atare! Încă mai ai responsabilități."

"Ce responsabilitati?"

"Sa supraveghezi?"

"Hmm... mai bine nu."

"Il vei supara pe Stapan. El este singurul care detine cheile Universului. El te poate baga la parnaie intr-o gaura neagra."

"Am putea avea o șansă dacă toate animalele s-ar răzvrăti și l-ar ajuta pe om să-și recapete demnitatea Crezi că animalele sunt proaste?"

"Nu, pur și simplu le lipsesc mijloacele necesare, mă refer la mâini și picioare practice, pentru a se comporta ca oamenii. Uneori, animalele sunt mai inteligente decât marea majoritate a oamenilor. Apropo, nu a fost și nu va fi niciodată ceva special cu rușii, germanii, americanii, românii... deși vor exista mereu voci de fiecare parte – vocile ultranaționaliste – care pretind că sunt cele mai bune dintre toate naţiunile. Nu există oameni aleşi şi nu vor exista niciodată câştigători pe termen lung. Sunt doar oameni care coexistă între bine şi rău. Amin!'

"Atunci vom vorbi cu animalele. Amin!"

Pentru orice intrebare referitoare la prezenta carte contactati: theovoncezar at yahoo.com

Societatea Animalelor Salbatice

O fabula

Theo Von Cezar

51

Magic Castles

53

„Lumea este un loc periculos în care să trăieşti, nu din cauza oamenilor care sunt răi, ci din cauza oamenilor care nu fac nimic în privinţa asta."
— Albert Einstein

Cuprins

Capitolul I

Pregatirea

Nietzsche, bătrânul leu Samaritean Katanga, conducătorul unei cete de cincizeci de indivizi, se uita dupa un petic de pământ umbrit pe care să se întindă în timp ce soarele ardea cu înverşunare. Pământul ars de soare nu văzuse mai mult de câteva picături de ploaie în mai mult de trei luni, o căldură mai puternică decât orice altă căldură de care Nietzsche avusese parte in trecut.

În acea zi, leul în vârstă de douăzeci de ani a vrut să fie departe de Salomé – prietena și tovarăşa lui credincioasa de multa vreme – şi de ceilalţi prieteni ai săi. Tânjea dupa un pic de singurătate, să gândească, să se gândească la viaţă, amintiri, și la ceea ce viitorul ar fi putut aduce. Era timpul pentru schimbare; animalele nu mai puteau să stea şi să privească cum oamenii urmau calea autodistrugerii.

Nietzsche se indrepta încet spre marginea pădurii, urmărind cum o coloană de furnici uriaşe pe care o zărise în prealabil se îndrepta spre est, în direcţia opusă celei în care leul se îndrepta acum. Unii din liderii furnicilor erau transportati de furnici dintr-o specie diferită, o specie mult mai mică, în mandibulele lor scurte, dar foarte puternice. Sclavia inca nu fusese abolită în imperiile furnicilor.

Leul şi-a încetinit mersul, atenţia fiindu-i îndreptată spre un anumit membru al imensei coloane de furnici. Aceasta se îndepărtase de restul furnicilor şi acum se străduia să se alăture camarazilor săi; în prezent se târa la o distanta de aproximativ doi metri de coloana lungă în mişcare, cu puţine şanse să-şi ajunga semenii. Plus ca avea două picioare zdrobite cu care trebuia să se descurce. Un mare prădător deranjase accidental cuibul furnicilor cu doar cateva zile inainte de inceperea marşului şi ea fusese una dintre victime.

"Sărmana," a spus Nietzsche şi şi-a aşezat cu grijă una dintre ghearele lui mari şi ascuţite în faţa furnicii mici, astfel încât aceasta să se poată căţăra pe ea. Reticentă la început, furnica a urcat în cele din urmă pe gheara uriaşă a leului.

Îl cunoştea pe Nietzsche — toată lumea îl cunoştea pe Nietzsche — dar nu se aştepta ca o creatură atât de magnifică să-l ajute vreodată pe cel mic şi umil. Biata furnica s-a ţinut strâns de ajutorul neaşteptat, înainte de a fi înapoiata în siguranţă la fraţii şi surorile ei care nu parusera deranjate de absenţa ei. Erau mult prea mulţi şi ea prea mica ca sa i se poata simti lipsa.

Nietzsche era aproape de a intra in pădure când a văzut că întreaga suflare de furnici si-a oprit marşul, comunicând între ele prin antenele lor minuscule care se mişcau fara incetare inapoi si înainte. Se dusese vorba că Nietzsche ajutase un membru rătăcit sa ajunga inapoi in coloana de furnici. Chiar şi marele şef, Agamemnon, care era purtat de nu mai puţin de zece furnici pe o frunză pe care erau cateva picaturi de rouă, fusese coborât la pământ şi acum, ridicat pe picioarele din spate, privea la înfricoşătorul leu cu o mare admiratie. Un mic steag făcut din rămăşiţele de la o crenguţă minusculă şi un fir de iarbă, avand ca blazon un Agamemnon impunător, fusese deja ridicat, un grup de zece furnici fluturându-l frenetic deasupra capetelor lor. Se părea că şeful furnicilor voia să aiba o vorba cu Nietzsche.

Leul s-a oprit şi s-a aşezat liniştit pe picioarele din spate, avand aspectul unei statui din timpuri indepartate. Şi într-adevăr, în ochii furnicilor exact aşa arăta – o statuie gigantică care impunea respect si admiratie.

"Stapane al junglei, l-ati ajutat pe unul dintre camarazii noştri," i se adresa Agamemnon lui Nietzsche cu o voce gravă. "Pot să va fiu de folos cu ceva?"

"Da, poţi," zise Nietzsche, cu o faţa foarte serioasă. "Mâine, dupa zorii zilei, ne vom baza pe înţelepciunea ta. Voi, furnicile, puteti juca un rol important în derularea marelui nostru plan."

"Şi, pot să va întreb despre ce este vorba?" a întrebat Agamemnon, chiar dacă ştia deja motivul chemării sale la bârlogul cu lei.

"Vom discuta chestiuni importante ale lumii. Este vorba despre viitorul planetei noastre, despre însăşi existenţa noastra", a răspuns Nietzsche pe un ton foarte ferm.

"Hm, sună destul de important," spuse Agamemnon, aranjându-şi antenele lungi şi mustaţa in forma de ghidon.

"Încă un lucru," spuse Nietzsche.

"Da, Mare Domn."

"Chestia aia..." Nietzsche arătă cu gheara ascuţită spre furnicile care ajutasera la caratul lui Agamemnon.

"Care chestie, Mare Domn?"

"Sclavia..."

"Oh... Vreti sa o abolesc?"

"Da."

"S-a făcut, Mare Domn. De acum înainte, sclavia nu va mai exista printre furnici."

"Bravo, atunci," spuse Nietzsche, "ne vedem mâine, imediat după răsăritul soarelui, la bârlogul leilor. Şi inca ceva... Te rog sa nu-mi mai spui Mare Domn. Call me Nietzsche!"

"Da, Mare... îmi pare rău... Nietzsche, ai cuvântul meu, şi acesta este cuvântul a cinci cvadrilioane de furnici. Mă înclin în faţa minţii tale," spuse Agamemnon şi se înclină în faţa lui Nietzsche. Apoi, şi-a scos coroana din grăunte de nisip şi hainele regale făcute din aripi de gărgăriţă, le-a aruncat pe toate la pământ şi s-a adresat generalilor săi: „Marşul va continua spre vest, dar de aici incolo voi merge pe picioarele mele de vreme ce nu vor mai exista sclavi printre noi." Şi într-adevăr, Agamemnon a început să meargă ca orice alt simplu cetăţean, folosind o aschie de lemn pe care o folosea drept baston.

www.ingramcontent.com/pod-product-compliance
Lightning Source LLC
Chambersburg PA
CBHW021323160726
47994CB00004B/1585